鈴木美江子

句集

山あげの街

コールサック社

大山無事揚がる

出御祭

全屋台集合

若衆

山を揚げる若衆

常磐津連

迫真の演技

山あげや滝夜叉姫の巻手紙

「将門」

日本一の見得

ブンヌキ

「老松」

子どもみこし

子ども歌舞伎「将門」

序

鈴木美江子第一句集『山あげの街』に寄せて

ある日「山あげ俳句全国大会実行委員会　委員長　鈴木美江子」様から大きな封筒が届いた。「山あげ」といえば那須烏山、

炎ゆる炎ゆる揚がる揚がる山揚がる　　黒田杏子『八月』

の聖地である。先師・黒田杏子のこの句は二〇一七年作。師の最終句集を編むにあたり、私自身が選出したのだから忘れようがない。長谷川櫂氏が『八月』十句選の一句として「読売新聞」朝刊のコラム「四季」に取り上げてくださってもいる（二〇二三年十一月八日付）。いよいよ印象鮮やかである。

が、「藍生」が在ったころ、この祭が藍生衆に広く詳しく知られていたかといえば、そうでもなかった気がする。そんなことを思いながら封筒内のパンフレットを開き、私は息を呑んだ。起源はなんと戦国時代、ざっと四百六十年前。時の那須烏山城主による天下泰平、五穀豊穣、疫病防除祈願に始まり、世を経て豪華絢爛な野外劇へ進化を遂げてきた云々……各地で祭の縮小が時事となる昨今であるが「未だ、絶えることを知らない」宣言まで出ているのだ。
添えられてあった手紙からも、「山あげ」を季語に、歳時記への採録を、と冀う心があふれ、ぐいぐいと迫ってきたのであった。

美江子さんは慎ましやかに佇むタイプのお方である。直接お目にかかったことはなく、「青麗」俳句会で開催しているオンライン句会の画面越しに言葉を交わしたときの印象に過ぎない。だから大きな封筒が届いたとき、両者の人物像がすぐには重なり合わず、脳内回線がつながったときには思わず「わっ」と声が出た。更に！　その後まもなく、コールサック社の鈴木比佐雄氏から電話を頂戴した。美江子さんが句集を準備中である、と。一語が季語として定着するためには、その語を詠み込んだ佳句が要る。それを読んで人々が自分も作りたいと思うような。美江子さんはご自身を「山あげ」の旗印として捧げるおつもりなのだと、かの物静かなご婦人の内にたぎる情熱にノックダウンさせられたのだった。

ほととぎす今朝の出御を高らかに　　美江子

おそらく「山あげ」を句材とする人は年々増えてゆくことだろう。「青麗」俳句会でも、結社の吟行企画の一環に「山あげ」を位置づけることを検討している。だが美江子さんの句は、そうした今から詠まれるはずの句とは、あらかじめ一線を画している。祭の街に住み、暮らしの中の祭事として捉えることができているのだから。

美江子さんにはまた、幼時を戦時下に過ごされた方特有ともいえそうな、肚の太い落ち着いたまなざしが備わっている。これからも嵐と凪を漕ぎ分けて、人生の杖たる俳句をおおいにふるっていただきたい。

二〇二四年　梅の熟すころ

高田　正子

鈴木美江子句集　山あげの街　目次

句集　山あげの街

Ⅰ　山あげの街

二〇一五～二〇二四年

七八句

梅干に朝茶山あげ近づきぬ

山あげの街ひつそりと乳母車

奉告祭

まづ芸《げ》題《だい》告げて山あげはじまりぬ

＊七月一日、八雲神社の御神前に奉納の芸題を奉告し、祭の安全祈願の御祈禱をした後、歌舞伎演目を屋台に掲げ全町を回る

山あげの芸題将門解けにけり

山あげの地酒老舗の藍のれん
ほととぎす今朝の出御《しゅつぎょ》を高らかに

＊出御…八雲神社から大神様をお神輿に移し移動すること

昇り来る真夏の光いざ出御

山あげの出御粛々朝まだき

山あげや白布に覆ふ出御式

頭垂れ山あげ若衆出御待つ

山あげや筆頭世話人背うつくし

山あげの出御若衆神妙に

山あげの出御見送る大銀杏

ガードマンも加へ山あげ出御式

山あげの出御の手締め杜《もり》の奥

山あげの祝詞《のりと》頭を低く垂れ

山あげや銀行マンも若衆入り

若衆の雄叫びの街夏旺《さか》ん

木《き》頭《がしら》の涼しき柝《き》音《おと》山揚がる
＊木頭…若衆達に指示を出す役柄

絽を召され元木頭の男前

鈴木美江子句集『山あげの街』栞

コールサック社
2024

谷口 智行
櫂 未知子
永瀬 十悟

毛の国からの矢文

谷口 智行（運河・里）

全国津々浦々にさまざまな祭があるが、本来「祭」とは神仏や祖霊を敬い、慰霊し、祈願し、感謝するための儀式である。

那須烏山市「山あげ祭」は永禄三（一五六〇）年、時の烏山城主那須資胤《すけたね》が当地の疫病防除、五穀豊穣、天下泰平を祈願し、牛頭天王《ごずてんのう》を烏山に勧請したことに始まるとされる。その祭礼の「奉納余興」が全国で類を見ない野外歌舞伎舞踊に発展した。可能な限り絢爛豪華に設え、大勢で騒ぎ立てた方が神仏や祖霊が喜ぶ。現実界と超自然界との大いなる交感である。こうした人と霊との関係交渉が「山あげ祭」ということになる。

忘れてならないことは、過去から繰り返されてきた流行病、飢饉、自然災害、世情不穏である。それらがいかに厳しく、悲惨なものであったか、どれだけ多数の人が苦しみ、祈り、どんな思いで死者を祀ってきたかということだろう。「お祭り騒ぎ」と「鎮魂」は表裏一体、いや、同次元にあるということだ。

Ⅰ「山あげの街」より

木頭の涼しき柝音山揚がる

山あげや滝夜叉姫の巻手紙

星涼し師匠の舞を奉り

本書の口絵写真に添えられた作品である。耳目を研ぎ澄まし、祭の有りようを確と詠んでいる。ただ僕は、

山あげの街ひっそりと乳母車

焼鳥のふんぷんとして山あがる

山あげやいづかたさまも器量よし

といった作品にも惹かれる。祭の実態を描写するだけではなく、そこから一歩、別次元に踏み込んだ作者のまなざしを感じるからである。「乳母車」「焼鳥」「いづかたさま」は魂を招く依代なのだ。

狭義の「鎮魂」は「慰霊」とほぼ同義で、人の魂、殊に死者の魂を鎮めることだ。神道では「たましずめ」として、生者から遊離した魂を体に鎮める儀式

となる。よって広義には、魂を外から揺すって魂に活力を与える魂振《たまふり》も含まれる。実際、宮中で行われる鎮魂祭《みたましずめのまつり》においても、鎮魂と魂振の二儀が行われる。

Ⅱ章以降の好きな作品を挙げておく。

Ⅱ「花ざくろ」より

さやゑんどう今日は外出予定なし

古文書の講師の卓の秋扇

Ⅲ「雛の間」より

家々に野の花活けて風の盆

東京より戻り大根厚く煮る

Ⅳ「夜間飛行」より

秋出水迫るにほひと知りにけり

おすそ分けですと朝露分けて来る

＊

「山あげを季語に」という活動に対し、黒田杏子氏から「急がずに、しっかりと進みなさい」、長谷川櫂氏から「気長にたゆまず」という言葉をいただいたと美江子さんからお聞きした。わが師茨木和生もまた熱いエールを送っていた。僕はその高い志に感服し、可能な限りその思いに寄り添いたいと思った。ただ僕自身、いまだ「山あげ祭」という季語の現場に立っていない。

わが知らぬ町の祭の笛太鼓　智行

忸怩たるその心情を「運河」（令和五年八月号）に発表すると、美江子さんから即日「（ならば）ぜひ山あげ祭においでください」との便りが届いた。

これは毛の国から熊野への矢文なのだと思った。

情熱の街

櫂未知子（群青）

山あげの街ひつそりと乳母車

鈴木美江子句集『山あげの街』は、第一章が全て那須烏山市の山あげ行事を描いている。この句は祭が始まる直前の静けさを詠んだものだろうか、「乳母車」が描かれていることで、地域の人々と密着したものであることがわかる。

地域密着といえば、次の二句もそうだ。

山あげや銀行マンも若衆入り

山あげや病院長は常磐津師

職業にかかわらず、祭を盛り上げようと張り切る人びと。その意気込みが伝わってくる。

山あげの山の裏側墨書あり

那須烏山の特産品である和紙と竹を用いて作られた舞台装置＝「山」を狂言

や歌舞伎の上演場所まで運んでは組み上げ、演じ終ると急いで片付け、次の場所へ移動するという。

国の重要無形民俗文化財に指定されているというこの祭を、失礼ながら私は知らなかった。俳人はどうしても歳時記に載っている行事を重視し、現地へ出かけて行く傾向がある。そして、句を残すことに腐心する。歳時記に載っていない行事には関心を持たないというのが、残念なことではあるが、俳人の本音だろう。では、なぜ、この大がかりな祭が季語にならなかったのか。それはおそらく、「山あげ」を実際に見て、連作なり大作なりを発表した俳人があまりいなかったからなのだろう。たとえば須賀川の「牡丹焚火」は、あっという間に終ってしまう割には、原石鼎が二十四句をものしたことで有名になり、のちに季語として定着した（ただし、石鼎の当時は花の終わった初夏に行われたらしい）。それに対して、「山あげ」は極暑のさなか、三日間行われる。厳しい気候もあって、なかなか俳人たちが行かなかった事情もあるだろう。

さて、その暑くて（熱くて）華やかな祭にも終りが来る。

山あげの果てて街中風白し

「山あげ」が終わるのは七月の末近くだから、この句のように秋の気配を取り入れるのは少々気が早いように思われるかもしれない。しかし、暑さがピークを迎える時期は、同時にかすかな秋の兆しを孕んでいるものである。「山あげ」が果てたことで、作者の中では「夏が終わってしまった」という思いが強まったに違いない。

さて、もちろん鈴木美江子は年中「山あげ」のことだけ考えているわけではない。

家々に野の花活けて風の盆

旅心いよよ道後は月の秋

この二句のように、各地に出かけ、そこの行事に触れたり、土地の風物を味わったりしている。また、当然のことながら、那須烏山での日常で生まれた佳什もたくさんある。

蛇銜《くは》へ猫戻り来る昼下り

ひぐらしや遠き隣へ回覧板

こういった日々の暮らしがあり、折々の旅があることで、一年の総決算ともいえる「山あげ」へと鈴木美江子の思いが注がれてゆくのだろう。

最終章の「悼・黒田杏子先生　三句」のうち、

山あげの願ひ聴き入れ賜りし

は『山あげの街』の掉尾を飾る作品である。急逝された黒田杏子氏の追悼句がこの句集のさいごに置かれたのは、この祭に深い理解を示した師への感謝のあらわれだろう。「山あげ」が広く認知されること、そして多くの俳人が実作を競うことによって、歳時記に収録されることを願いたい。

私はこの七月、「山あげ」を見にゆく。熱中症対策を万全にして、体力をつけて臨みたい。そして、実際に見たこの祭の華麗さを、そして熱気を、大いに語りたいと思うのである。

水清し山清し、そして人清し

永瀬十悟（桔槹）

二〇二一年の秋に黒田杏子さんから「藍生の会員で那須烏山市の鈴木美江子さんが、地元の行事の〝山あげ祭〟を季語にしたいと考えているので相談に乗ってあげて欲しい。素晴らしい行事です」との連絡を頂いた。黒田さんに以前話した、私の「松明あかしを季語に」の活動のことを覚えていたのだ。私は桔槹の仲間と、地元須賀川市の鎮魂の火祭「松明あかし」を季語にしたいと二十年以上活動していた。歳時記収載の難しさを知り、歳時記に載らなくても、地元季語として詠み続ければ良いとも考えた。しかし東日本大震災から考えが変わった。当時、津波と原発事故でコミュニティが存続の危機となったが、地域の行事や祭が人々をつなぐものとして大きな役割を果たしていた。ふるさとの祭や芸能が評価され、歳時記に収録されることは地域の誇りとなる。

そのような経験を踏まえ、美江子さんへ次のようなことを伝えた。「季語となる行事には、歴史性、風土性、詩情が必要です。そして何より、地元の俳人が季語や傍題を考え詠み続けることです」。その後「山あげ」が、国指定重要無形民俗文化財であり、さらに過去に「山あげ俳句全国大会」を実施していたことも知った。私のアドバイスなど何も必要なかったのだが、ここからの美江子さんの行動力は驚くべきものだった。「山あげ俳句全国大会」を再度立ち上げ、その実行委員長として、翌二〇二二年の五月には、市や各種団体の協賛を得て、「山あげを夏の季語に」の宣言式を行ったのだ。すごい熱意だった。

ここからは、句集の世界を見てみよう。I章は全て「山あげ」の句。

嫁ぎ来て山あげの町昼うどん

烏山の名産品に「花よめうどん」がある。神奈川県の海辺の街、辻堂出身の美江子さんは、若かりし日に那須烏山へ「花よめ」としてやって来た。烏山の地を新しい故郷とするまでには様々なことがあっただろう。その美江子さんの心を励まし、癒しを与えてくれたのは、毎年夏に催される「山あげ祭」だったに違いない。この句の「昼うどん」には、そんな長年の感慨が籠っている。

山あげや夜店に子等を送り出し

山あげや魚屋おかみお世話好き

山あげや病院長は常磐津師

美江子さんの「山あげ」の俳句には、たくさんの街の人々が登場する。美江子さんが句集名を『山あげの街』としたのは、山あげ祭の大きな魅力が、その歴史や信仰と共に、街の人々のあたたかい交流にあると信じているからだろう。美江子さんは、多くの俳人や観光客にこの地に訪れてもらい、全国に誇れる祭、「山あげ」の素晴らしさを共有して欲しいと願っている。

若衆の雄叫びの街夏旺ん

山あげのブンヌキに骨共鳴す

祭果つ若衆深く睡られよ

屋台を引き、山と呼ばれる舞台背景を揚げる「若衆」たちへ、美江子さんは熱い応援を続ける。彼らが「雄叫び」をあげるとき、またお囃子合戦の「ブンヌキ」でも、美江子さんの体は、なんと「骨」から「共鳴す」る。美江子さんは、若衆たちと一緒に山を揚げている気持ちなのだ。そして神事としてエネルギーを出し尽くした若衆たちを「深く睡られよ」と優しくねぎらう。
山を揚げる若衆たち、そして野外歌舞伎の演者や奏者たちは、「山あげの街」の様々な人たちの思いを背負って立っている。美江子さんの「山あげを季語に」の願いは、若い彼らの情熱に応えたいとの思いでもある。
次のⅡ章からⅣ章は、美江子さんの身ほとりを詠んだ情感深い句が並ぶ。

山の色迫り出して来る立夏かな
新藷や戦禍くぐりし人の笑み
草いきれ買出しのことはははのこと
秋灯やピアニカの音のちとはづれ

山と清流の街の夏の訪れを「山の色」に感じている。幼少期に戦中戦後を体験した「人の笑み」は深い。「草いきれ」に戦時下の母の買出しの苦労を思う。ピアニカの練習をしているのは誰だろう。「音のちとはづれ」が懐かしい。

花筵ここを浄土と定めけり
我が気質ちち似と思ふ青葉木菟

打払ふことなにもなし鬼やらひ

「ここを浄土」のここは那須烏山、今はふるさととなった街に桜を愛でる。青葉の夜にホーホーと鳴く鳥に父を想う。節分に、私には鬼はいないと言う。

もうすこし生きて遊ばん葱坊主

桔槹百年真清水を汲まれけり

「葱坊主」は少年少女を連想する。お楽しみはこれからという心意気。「桔槹百年」の句は私の所属誌の百周年の祝句。新型コロナウイルス感染症が落ち着いた昨年、美江子さんは「牡丹焚火」に、そして今年の五月には、実行委員会の方々を引率して須賀川市に研修旅行に来られた。凛としたお姿が印象的だが、また、お仲間の良きリーダーとしてこまやかな心配りをされる方である。

この句集は、山あげ祭の魅力を発信するものとして、長く読まれ続けるだろう。そして近い将来、「山あげ」が季語として歳時記に収載されることを、私は信じて疑わない。〈山あげの街水清し山清し〉、そして「人清し」である。

山あげのお囃子流る青山河

山あげの街銀輪の一列に

山あげやバイリンガルの声涼し

山あげや神主さまは小児科医

山あげに赤き緒の下駄履かせけり

山あげや夜店に子等を送り出し

山あげやブンヌキに舞ふよろづ神

＊ブンヌキ…各町の屋台が集まって行われるお囃子の競演

地より湧き天へブンヌキ大西日

山あげのブンヌキに骨共鳴す

山あげのブンヌキに神大安堵

八十路にも祭の魔法かかりけり

掌におこはひと盛り夏祭

山あげや祭足袋売る大廂

山あげの街に埋るる悲話ひとつ

山あげの笛遠くして間引絵馬

山あげの山の裏側墨書あり

山あげの街水清し山清し
嫁ぎ来て山あげの町昼うどん

山あげや紅緒の下駄をすりへらし

山あげや黒の羽織に惑ひなし

山あげや雷《らい》さま来るか来ないかと
雨足に野外歌舞伎の心意気

山あげや男結びに囃子方

山あげや一門統《す》ぶるしなやかさ

山あげの夜店の紙の大ジョッキ
焼鳥のふんぷんとして山あがる

夜店街からだ斜めに通りけり

山あげや人の坩《る》堝《つぼ》に居てひとり

山あげの口上は子の東西東西

山あげや魚屋おかみお世話好き

山あげを英語で語る髪ゆたか

山あげや城址の森に夜の闇

靴脱ぎて山あげを観る桟敷席

山あげやいづかたさまも器量よし

山あげや神の依代笹高し

山あげや小屋台揃ひお出迎へ

山あげや金《かな》棒《ぼう》曳《ひき》は五歩区切り

＊金棒曳…大屋台を引く大人達の先頭を切って歩く子どもの役柄。
悪霊を払うため、金棒で五歩毎に地面を叩きながら進む

おちよぼ口金棒曳の祭髪

諸肌を脱ぎて木頭山車の上
木頭の笛に定まる祭かな

御《み》簾《す》するする上り常《と》磐《き》津《わ》連《づれん》涼し

＊常磐津連…舞台の脇の位置から三味線や歌を披露する方々

山あげや病院長は常磐津師

怪し恐ろし山あげの物語

滝夜叉にフラッシュ放射山あがる

山あげや滝夜叉姫の巻手紙

大《おほ》蝦《が》蟇《ま》を供に姫君煙の中

宵闇に野外歌舞伎の浮き上がる
老松の舞に山あげ締めにけり

山あげの締めは「老松」博多帯
星涼し師匠の舞を奉り

山あげや胴上げに闇深々と
山あげの果てて街中風白し

祭果つ若衆深く睡られよ

祭果てときの別れを知りにけり

供花を摘む夏逝く気配風に知り

山あげや那《な》珂《か》川より風の贈りもの

祭果て手紙書くねと別れけり

まどろみに遠く山あげ笛太鼓

Ⅱ

花ざくろ

二〇一二～二〇一六年

六〇句

ことのほか幸せな時賀状書く

初詣男体山に真向ひて

復興の浜に若布を茹で上げて
花冷やいくさを語る喉仏

山白しいつしか芽吹近づきぬ

春耕やまじなひ程に苦土石灰

きらきらと子の出立や春の霜

桜どき催し太鼓五臓まで

たちまちに山太りけり昭和の日

欄干の雫七色春の霜

薯の種歩巾で計り植ゑゆけり

喜寿の春御初に開けて化粧水

蒼穹や河津桜はまだ蕾

一歩づつ光の方へ卒業子

卒業子姉妹喧嘩もいつか絶え

迷ひ込む手負ひの猫や春深し

坐禅解き十薬の花なほ白く

山の色迫り出して来る立夏かな

干しあげて大小の鍋五月晴

草いきれ買出しのことははのこと

薔薇五本賜る午後の風のなか
命日の万灯となる花ざくろ

新諸や戦禍くぐりし人の笑み

竹の子にひと日厨の宇宙かな

神官の英語のガイド山若葉

遠き日の矢車草の揺れにけり

草ゆれてかすかにゆれて夏旺ん

老鶯の一人の畑にこゑ繁く

ひつそりと乙和の椿木下闇

蛇銜《くは》へ猫戻り来る昼下り

全山の若葉を背負ふそば処

メール打つ子の指細し夜の秋

さやゑんどう今日は外出予定なし

柚子捥ぎて庭師仕事を納めけり

盆迎へ兵《へ》児《こ》帯《おび》赤き子を連れて

はがきにも小さきエッセイ秋灯

那須連山朝日に柿を吊しけり

朝顔や洗ひざらしの紺がすり

いちじくの甘露煮夢のいくつかを
ランナーの哲学者めく秋気かな

ひぐらしや白いごはんとみそ汁と

秋灯やピアニカの音のちとはづれ

無花果の乳ほとばしる朝日かな

秋の夜や遡上の魚影眼裏に

たちまちにおとぎの国やりんご狩

残照や明日の祝ひに栗選りて

夜の更けてひよんの笛吹くひとりかな

秋灯や小さき古裂《こぎれ》の息づかひ

秋雨のひと日となりぬ旅のあと

古文書の講師の卓の秋扇

那珂川を一望にして秋深し

秋灯や父の欧州旅日記

くるくると廻る地球や芋煮会

北大路魯山人の山荘「春風萬里荘」を見学
魯山人踏みし廊下の冷たさよ

両の手に杵搗餅の光享く

冬枯の林明るしカフェの窓

はらからの旅に別れてみかん剝く

山茶花の垣根の中の静寂かな

やはらかな日差の午後や日記買ふ

コンビニのコーヒー寒の空仰ぎ

Ⅲ　雛の間

二〇一七～二〇一九年

六〇句

初笑ひ数式のなき顔のしわ

春の風自由時間を遺さるる

面影や彼岸が来ても帰つても

畑仕事否野遊びや茶まんぢゆう

山かげのそこだけ光こぶし咲く

逝きしより文具そのまま暮の春

ひたすらに赤き椿を想ひけり

うぐひすやもの食みながらもの想ひ

来し方や都わすれを水に挿し

茎《くく》立《たち》や公会堂にジャズ流れ

この雛贈られし子も恋のとき
しづかなる真昼の光雛の間

雛の間灯ともし頃となりにけり

あづまやにハモニカを聴く花の昼

花筵ここを浄土と定めけり

初桜結婚しますと子の便り

背戸口に朧月夜の迷ひ猫

行く春や茶房の古き木の椅子に

つくばひの水揺らしけり若葉風

深海のごと冷房に籠りけり

さだまさし聞きつつ梅を干しあげて
青葉木菟記憶の奥のその奥へ

じやがいもの花ほろほろと父恋し

初採の胡瓜天下を取る心地

水無月の塩原古道句碑あまた

我が気質ちち似と思ふ青葉木菟

若葉風南無観世音大菩薩

老鶯の遠く近くに乾《けん》徳《とく》寺《じ》

風の盆八尾いづくも水の音

編笠の白きえりあし風の盆

ゆきずりに酌み交しけり風の盆

地の神へ天の神へと風の盆

ぼんぼりに浮かぶ格子戸風の盆

家々に野の花活けて風の盆

霧のぼる山に呼吸を合せけり

いちじくを煮て大句会近づきぬ

寂聴尼さまのご投句木の実降る

投句二千小さき町の初紅葉

嵯峨の月那珂川畔の月もまた
実南天湯島の孔子像ゆたか

おやつとはやさしきことば木の実降る

ぶだうたわわ兜太の句碑の白き文字

ゆつくりと話してゆけと柿を剝く

ひぐらしや遠き隣へ回覧板

禱りつつ種より育て盆の供花

棗《なつめ》の実踏みて夜遊びから戻る

烏山城

栗おこは築城六百年祝ひ

蟲時雨出湯の客となりにけり

隣合ふ茂吉子規の碑すすきの穂

矢絣に袴胸高秋涼し

懸大根縞のもんぺの見え隠れ

大雪の越の塩沢紬かな

東京より戻り大根厚く煮る

野に山に過去に未来に雪こんこん

細胞のひとつひとつに寒の水

寝酒して眼に残る青き月

歳時記に雪の句あまた夜の深し

かき揚げに裏表あり大晦日

冬萌や仁王の門の大《おほ》草鞋《わらじ》

打払ふことなにもなし鬼やらひ

Ⅳ　夜間飛行

二〇二〇～二〇二四年

七九句

からうじて七《なな》種《くさ》揃へたる菜粥

嚙みしめて鱓《ごまめ》黒豆祝膳

寧日のありがたき身に寒明くる

梅二月造り酒屋の古き階

外飼ひの猫一匹の余寒かな

春雪を見たしと寝《い》ぬる一夜かな

家ぢゆうの留守に雛のさざめけり

雛飾る雛も二十歳となられけり

下萌や鳶から届く光の輪

朧夜の声のやさしき電話かな

きつぱりと免許返納梅ひらく

さくらさくら癒ゆる踵の軽やかに

仏飯を下げて深々花の闇

約束の所と時間花の雨

住み古りて築百年の余寒かな

子の家へ歩いて五分草青む

二歳の子けふ兄となるしやぼん玉

もうすこし生きて遊ばん葱坊主

韮おじや唯我独尊昼餉どき
リモートで面接したと暖かし

親にまた親築百年の春ともし

新じやがを濯ぐ水の輪水の影

好きなだけお食べとははの柏餅

実梅捥ぐ真青のしづく浴びながら

味噌蔵の味噌を小出しに梅雨晴間

走り梅雨鳶の声のよく届き

師の封書墨くろぐろと走り梅雨

干瓢の真白きのれん梅雨明くる

ただ黙し新緑に身を溶かしゆく

若葉風俳句講師の声確か

風薫る子の一歳の一升餅

夜濯や手作りマスク二三枚

刈草にたちまち干草の香り

福島県須賀川市の俳句結社「桔槹」百周年を祝ひて

桔槹百年真清水を汲まれけり

御堂出で風の声聴く一遍忌

秋の宿四国遍路の古地図額

秋の日を斜めに坊つちやん列車来る

秋出水迫るにほひと知りにけり

台風の去り白米を磨ぎにけり

まみゆれば嬰《こ》はまろき鼻菊日和

虫すだく夜間飛行の遠ざかり

黄金田や八溝山系雲霽《は》れて

いざ秋を迎へに小さき握飯

資料館庭の埴輪の眼に秋日

川霧や城跡の森のこんもりと
おすそ分けですと朝露分けて来る

炊き上げて縄文の香や零余子《むかご》飯《めし》

留守の間の戸口に届く今年米

旅心いよよ道後は月の秋

月明り伊佐爾波《いさには》神社見上げよと

届きたる大根振れば露の玉

ひと覗きして子の戻る秋の暮

夫の忌やかつて塩鮭鹹《から》かりし
大いなる花野となれる牧草地

むきすまし顔して秋来る

五六本秋明菊の無口なる

中三の少女の秋思パンケーキ

入院

同室の人と芋がら剝く話

お見舞と木の葉を置きて子の去りぬ

夢うつつ病床に漕ぐ冬の海

冬天や人は二本の足で立つ

病院の窓冬霧の朝の山

人の声やさしくひびく冬日和

しぐるると云ひながら来る見舞客

早早と風呂焚いてゐる日の短

味噌汁の半熟卵今朝の霜

初雪にこころやさしくなりにけり

晦日蕎麦打つに禊《みそぎ》の朝の風呂

飛石の濡れて時雨と知りにけり

音読の子の永久歯寒に入る

おしるこに焼餅ひとつ夫若し

一人居の声を大きく鬼やらひ

大橋の袂に暮し冬の靄

子の家に煮物一品冬銀河

ジャズライブ枯野を走り参じけり

蒸しプリンふつふつ歌ふ外は霜

悼・黒田杏子先生　三句

鈴の音の遠ざかりゆく花吹雪

子を持つも持たぬも幸と花朧

山あげの願ひ聴き入れ賜りし

句集　山あげの街　畢

エッセイ　烏山の山あげ祭「山あげを季語に」

那須烏山市山あげ俳句全国大会実行委員会委員長
鈴木美江子

五十年程前にこの町のはずれへ嫁いで来た。

那須岳を源流とする那珂川に沿った、古い歴史のある城下町である。二人の子供が幼児期になったころから毎年、山あげ祭の参詣と見物に出かけていた。

山あげ祭は毎年七月の最終金・土・日の三日間行われる。真夏の炎天下、演じる踊り子たちは汗にまみれながらも美しい衣装を纏って真剣に演技をする。舞台右手の常磐津の太夫席からは二丁三枚（三味線二人、常磐津語り三人）と言われる力強い響きが流れる。舞台背景に山と呼ばれる作りものの背景が高く大きく遠近に配されている。強く心惹かれた。

しばらくして、市の観光協会のボランティアの仲間に入った。そこで町の歴史、祭の歴史、市内の寺社にまつわる由緒のある沢山の事柄を知った。

時は戦国時代（一五六〇年）永禄三年、烏山城主那須家七代目資胤《すけたね》の時代に疫病退散、五穀豊穣を願って勧進した神社の祭で、延々と受け継がれたのである。時代と共に変遷もあるが、途絶えることは無かった。始めの頃は神楽、相撲などが奉納されたが、後に所作狂言、奴踊りに移りやがて江戸で流行の常磐津に載り、舞踊と共に台詞の入る「将門」や「戻り橋」「忠信」等が演じられるようになった。商人を中心とした財力と江戸との交易が、先進的な祭文化を発展させて、当初は一座を買うという事であったが後には町中のいわゆるいいとこの娘さんが踊りを習い舞台に上がる事になって行った。町中の人は祭の三日間は家業を休み赤飯を炊き親類を呼び楽しんだ。また近郷の人々も農作業を休んで参詣にやってきた。

山を揚げるようになり、移動して演じられるようになったのは一七〇七年（宝永四年）の頃よりで、六町輪番制で行われている。特産の和紙と竹で「はりか山」を作り、それへ絵を塗り、きりかえしという仕掛けで変化を見せる。

前山、中山、大山（高さ十メートル・幅八メートル）を背景として若衆たちにより忽ち舞台が作られる。終わるとまた別の町内へ移動、日に五回から六回を三日間、通算十五回は開演する。夜の舞台も妖艶で美しい。

山あげ祭は昭和五十四年に国の重要無形民俗文化財に指定された。その主なる採用の要点は祭の行事を施行する宮座組織にあるとされている。そして宮座組織の一部である山あげ祭の主役、若衆団、この見事な働き振りには目が離せない。平成二十八年には「烏山の山あげ行事」として全国の「山・鉾・屋台行事」とともにユネスコ無形文化遺産に登録された。

私が、この地域に六十年も続いた俳句の結社「こだち」（令和三年三月号で終刊）に仲間入りしたのと、ほぼ同時期に黒田杏子先生の「藍生」に参じたのもこの頃であった。「こだち」の最後の代表であった最東峰先生は、地域の俳人たちと共に、この町にゆかりの江戸時代の俳人であり、蕪村の師である、早野巴人に因み「早野巴人顕彰全国俳句大会」を平成元年より十五回開催した。平畑静塔先生、黒田杏子先生は当時の選者であられた。静塔先生は「山あげ」

が季語になるといいね、と再三言われたとの事などを繰り返し最東峰先生から伺っている。またユネスコに登録されたのを記念して「山あげ俳句全国大会」が二回開催され、「山あげ」を季語として定着させたいと実行委員会が結成された。この二回とも黒田杏子先生が代表選者であられた。また以前山あげ祭をご高覧の際、「山あげ祭十五句」を藍生誌上に載せられている。

計らずも『運河』誌令和四年六月号に岡田幸子氏が「平畑静塔と栃木　その六」において実に細やかに「烏山の山あげ祭」と題して描かれている。また、宇都宮市在住の「運河」同人の五十嵐藤重氏の句集『山揚げ』は茨木和生先生の跋文を受けて「山揚げ」を豊かに詠まれている。

令和四年五月一日、那須烏山市「山あげ会館」正面玄関前の横断幕に「山あげを夏の季語に」と大きく掲げ、市長はじめ行政の関係者、商工会、文化協会、観光協会等の協賛と出席を得て宣言式を催した。この地域から、県内から、そして全国多くの方達に山あげを季語として俳句を詠んで頂きたい。山あげ祭は、風土性、歴史性、詩情性に溢れているという事を知って頂き、ぜひ、各出版社の歳時記に、インターネットの歳時記に収載されることを切に望んでいるという事を広めたかった。季語として「山あげ」「山揚げ」傍題として「野外歌舞伎」「はりか山」などと定めた。
山あげ俳句全国大会実行委員会は令和四年、心機一転、宣言記念俳句大会として俳句募集を展開した。今後も継続する予定である。多くの皆様のご投句をお願い申し上げたい。

初出：俳誌「運河」令和五年八月号

山あげ祭とその歴史をご覧ください

あとがき

思えばすべては人と人との繋がりの中から生まれた私の初めての句集です。元々姉の勧めがあり、その後「藍生」「こだち」に入会し、俳句の道を歩んで参りました。私が山あげ俳句実行委員会の委員長を先代の最東峰先生から受けついだとき、意を決して故黒田杏子先生に手紙で願い出ました。「山あげを季語に」の悲願を達成できるようお力添えを頂きたいと。そこで紹介されたのが、須賀川市の永瀬十悟氏でした。地域の伝統の祭、「松明あかし」を季語に推し上げた方です。以来永瀬氏からはいくつもの貴重な助言を頂きました。そして杏子先生の一周忌の集いでお目にかかり、その場でコールサック社の鈴木比佐雄様のご紹介を与り、この度の句集出版となりました。「山あげを季語に」の願いを込めて編集をしてくださるとの言葉に強く励まされました。

ご多忙の中、身に余る序文と句の指導を頂きました「青麗」主宰の髙田正子先生、格調高く山あげ祭の魅力を書いてくださった谷口智行先生、今回山あげ俳句大会の代表選者をお引き受けくださった櫂未知子先生、この度の架け橋を作ってくださった永瀬十悟先生、それぞれ栞に珠のような文章をお寄せ頂きました。そして念願叶い帯文を賜りました長谷川櫂先生、それぞれの先生方に深く感謝の念をささげます。

遠路打ち合せにおいでになられ、句稿の整理から幾度もの電話、メールで細やかにご指示くださいました、コールサック社の鈴木比佐雄様、鈴木光影様、スタッフの皆様に深く御礼を申し上げます。また写真を提供頂いた那須烏山市の皆様にも御礼申し上げます。

この場を借りて私を支えてくださる山あげ俳句実行委員会の皆様、私の家族に御礼を申します。これからも俳句を杖に人生晩年の花野を歩んで参ります。

この句集を手になさった方々に「山あげ祭」の情景が届きますようにと願っております。そして、季語として「山あげ」「山揚げ」、傍題として「野外歌舞伎」「はりか山」を俳句に詠んでいただければ嬉しく思います。

二〇二四年　梅雨入りに

鈴木　美江子

著者略歴

鈴木美江子（すずき　みえこ）

1939年、神奈川県藤沢市辻堂生まれ。
2012年、俳誌「藍生」入会。2023年の終刊まで所属。
2015年、俳誌「こだち」入会。2020年の終刊まで所属。

現在、俳誌「青麗」、季刊誌「山あげ」に所属。
2019年から那須烏山市山あげ俳句全国大会実行委員会委員長。

住所　〒321-0634　栃木県那須烏山市野上1726
mail　spuy64f9@dance.ocn.ne.jp

青麗文庫 2
句集　山あげの街

2024年7月26日初版発行
著　者　鈴木美江子
編　集　鈴木比佐雄・鈴木光影
発行者　鈴木比佐雄
発行所　株式会社 コールサック社
〒173-0004　東京都板橋区板橋 2-63-4-209
電話 03-5944-3258　FAX 03-5944-3238
suzuki@coal-sack.com　http://www.coal-sack.com
郵便振替　00180-4-741802
印刷管理　（株）コールサック社　制作部

装幀　松本菜央　　写真提供　那須烏山市

落丁本・乱丁本はお取り替えいたします。
ISBN978-4-86435-621-3　C0092　¥2000E